Este cuento es para Carmela e Hilda,
y para todos los niños que,
como ellas, aman a los animales.

Título
Como el perro y el gato

Autor e ilustrador
Edu Flores

Asesoramiento lingüístico y revisión
Inma Callén

Edición
Apila Ediciones

Impresión
Ino Reproducciones (Zaragoza)

Encuadernación
Esenbook (Lleida)

Primera edición: abril 2018
ISBN: 978-84-17028-06-0
Depósito Legal: Z 407-2018

Para las ilustraciones de esta obra
Edu Flores ha utilizado ceras y lápices acuarelables,
acrílicos y collage.

C/ Mosén Félix Lacambra, 36 B
50630 Alagón, Zaragoza, España
www.apilaediciones.com
apila@apilaediciones.com

Esta obra ha sido publicada con ayuda del Departamento de
Educación, Cultura y Deporte del Gobierno de Aragón.

Como el perro y el gato

Edu Flores

¡Nos están mirando, Gato, y parecen simpáticos!

¡Qué nervios! ¡Vamos, que empiece ya el cuento!

Aquel día sucedió algo inesperado.

Perro tenía que atender un asunto
urgente que nadie podía hacer por él.

SNIF
SNIF

¡TOC!

¡CLANG!

¡CLING! ¡CLANG! ¡CLONG!

A Perro todo le salía mal.

Por suerte Gato estaba
dispuesto a echar una mano...
o un diente.

AM!

Pero las cosas no
mejoraron mucho.

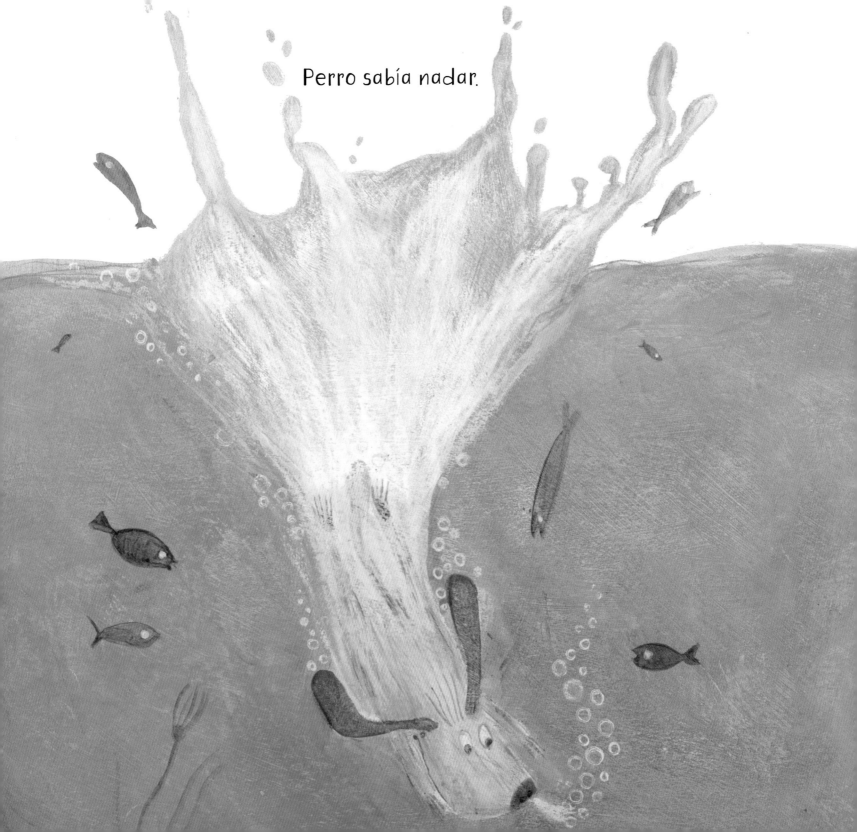

Perro sabía nadar.

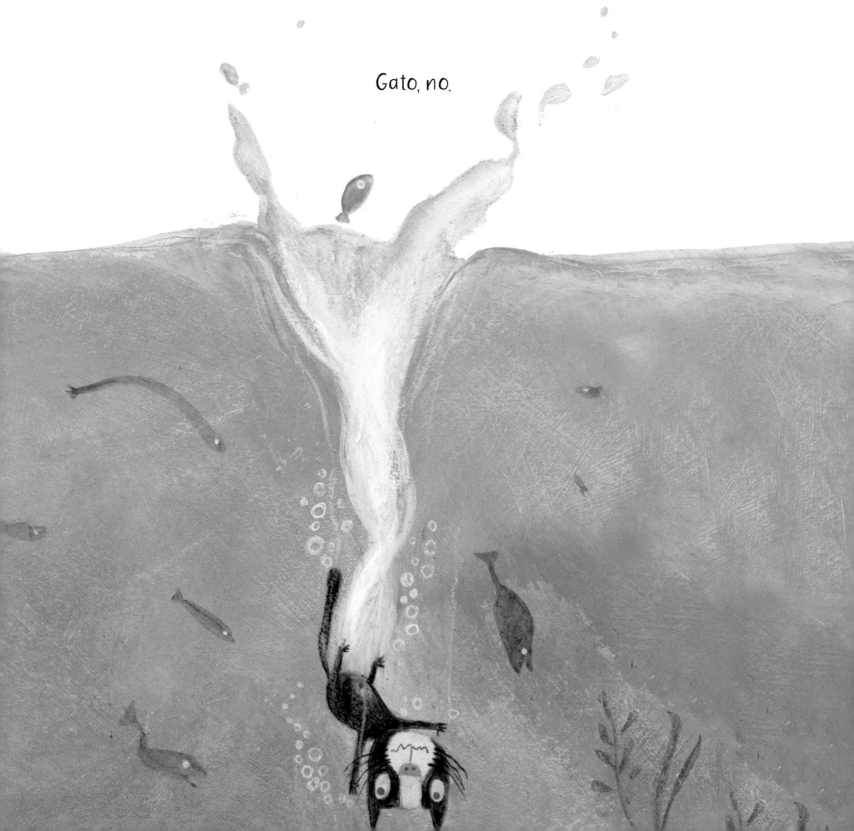

Gato, no.

Menos mal que Perro estaba siempre
dispuesto a echar una mano... o un lomo...

o un diente.

M!

Gato y Perro se hicieron amigos.

Jugaron al gato y al perro.

Y al perro y al gato.

A Gato le parecía que Perro era demasiado cariñoso.

Perro enseñó a Gato uno de sus juegos favoritos,

pero a Gato no le gustó mucho.

Después Gato hizo una demostración
magistral de cómo marcar el territorio,

Perro explicó a Gato cómo poner carita de pena.

Gato estaba realmente enfadado.

A Perro le entusiasmaba
jugar a la pelota.

Gato, sin embargo,
se despistaba
con cualquier cosa.

¡TOC!

Perro intentó trepar igual que Gato.

Sin éxito alguno.

Gato enseñó a Perro la técnica gatuna del acecho sigiloso.

Pero tampoco tuvo mucho éxito en esto. Perro no entendía el concepto "sigiloso".

—¡JULIUUUUUUUUUU

JUUUUUUUUS!

¿Quién se llama Julius? Yo, no.

Por fin todo volvía a la normalidad.
(Imaginen una bonita canción de amor para acompañar este momento).

¡PUAJ!
¡Qué asco!

Ahora sí que Gato
puso cara de pena,
penita, pena.

Julius estaba contento,
pero no era del todo feliz.

CARMELA

GATO

Sin duda aquella era
una difícil elección.

Que al final
tomó Carmela.

FIN